Ces Attouchements Tabous

Cette nuit-là, il a changé ma vie pour toujours

Ashley Colem

CES ATTOUCHEMENTS TABOUS: CETTE NUIT-LÀ, IL A CHANGÉ MA VIE POUR TOUJOURS

First edition. November 14, 2023.

ISBN: 979-8223187110

Written by Ashley Colem.

Also by Ashley Colem

Bien Trop Brutal

Obsede Par Elle

Limite dépassée

Amour Improbable

Kataliya, la Parfaite Élue

Le Choix Ultime d'un Seul Amour

Réveille-toi, Barbara

Sexe à Répétition

Taïna est en feu

Captive d'une Nuit Enneigée: Jusqu'à ce qu'elle apparaisse et que son âme se sente captivée

Ces Attouchements Tabous: Cette nuit-là, il a changé ma vie pour toujours

La Femme de ses Rêves: Il est obsédé par la jeune beauté qui lui a volé son cœur

Le No 1 des Connards: Il ne cherche pas d'excuses pour ce qu'il est ou ce qu'il fait

L'étrange Mariage du Milliardaire: Depuis qu'elle a commencé à développer des sentiments pour Clark

Piégé par elle: Celle qu'il voulait blesser s'est avérée être la seule à avoir jamais touché son cœur

Tenir si Fort: Il ne savait pas qu'une obsession pouvait s'emparer de lui aussi fort

Cela a commencé par un baiser, un contact innocent. Cela n'aurait pas dû mener à autre chose à cause de qui nous étions, de ce que nous étions les uns pour les autres. Mais je l'aimais même s'il était mon demi-frère. On le traitait de mauvais garçon, de dangereux, il était dur et brut dans tous les sens masculins qui comptaient. Mais je l'aimais toujours.

Et cette nuit-là, ces touches taboues, les paroles douces et sales qu'il murmurait ont changé ma vie pour toujours. Il m'a donné son bébé. Et puis il est parti, a été renvoyé, sans jamais connaître la vérité. Aujourd'hui, un an plus tard, il est de retour, affirmant que j'ai toujours été à lui. Mais est-ce que ce sera encore le cas une fois que la vérité éclatera ?

Un livre pseudo-tabou qui contient une petite dose d'angoisse, un bébé secret et un héros mauvais garçon. Le héros est maussade, possessif, mais n'a d'yeux que pour l'héroïne. L'héroïne est une charmante fille de petite ville qui a peur de perdre à nouveau le héros une fois qu'il découvre leur enfant.

Chapitre 1

David

J'étais dur, tellement dur que je voulais juste sortir ma bite et me branler pendant que je regardaisRosita. J'étais un putain de voyeur, je la regardais bronzer dans ce petit bikini rouge, mon cœur battant si fort qu'il risquait de sortir de ma poitrine.

Rosita.

La seule fille qui m'ait jamais fait des nœuds.

La seule personne qui m'a donné envie de faire des putains de choses dégoûtantes.

Rosita.

Ma belle sœur.

Elle s'assit et attrapa la crème solaire, versant une cuillerée de crème blanche sur sa main avant de mettre la bouteille de côté. Elle frotta ses paumes l'une contre l'autre et je me retrouvai à gémir, me penchant plus près de la fenêtre pour mieux voir. Elle passa d'abord ses mains sur ses bras, sur ses côtés, puis sur son ventre. Et puis elle a déplacé ces petits doigts délicats le long de sa cage thoracique et a fait mousser ses seins.

Doux Jésus.

Je respirais fort, j'hyperventilais. J'ai tendu la main et j'ai attrapé le cadre de la fenêtre, enroulant mes doigts autour du bois jusqu'à ce que je l'entende grincer légèrement sous la force.

Et comme un putain de pervers, je me suis penché et j'ai attrapé ma bite à travers mon jean, serrant la longueur et grognant tandis que le plaisir montait dans ma colonne vertébrale. Elle se leva et se dirigea vers la piscine, le soleil tapant sur sa peau d'albâtre. Ses longs cheveux noirs étaient relevés en queue de cheval et mes doigts avaient envie de tendre la main et de prendre ces mèches, de les enrouler autour de ma main et d'incliner sa tête en arrière pour que je puisse dévorer sa bouche.

Elle plongea son orteil dans l'eau et bougea sa jambe. J'ai suivi la longueur de son mollet, par-dessus sa cuisse, et je me suis arrêté à la rondeur de ses fesses. J'ai baissé mon regard et me suis concentré sur ce fond parfaitement en forme de pomme.

Putain.

Le bikini qu'elle portait ne couvrait pas entièrement les monticules, un V de tissu qui cachait à peine la fente succulente du cul le plus impeccable et le plus délicieux que j'aie jamais vu.

Si elle savait toutes les choses sales auxquelles je pensais, les images qui me venaient à l'esprit à chaque fois qu'elle entrait dans la pièce, elle courrait dans l'autre sens ou me traiterait de pervers.

Mais c'était ce que j'avais ressenti au cours des deux dernières années.

Quand mon père a épousé sa mère et qu'ils ont emménagé dans notre maison, tout ce à quoi je pensais, c'était à quel point je voulais avoir chaque centimètre carré de ma vie.Rosita.

Était-ce mal de vouloir ma demi-soeur ? À la société peut-être.

Est-ce que je m'en souciais ? Putain non.

"David.»

La voix tonitruante de mon père venait d'en bas et j'émis un son grave dans ma gorge, ne voulant pas m'éloigner de là où j'étais, de la scène voyeuriste devant moi. Elle était maintenant dans la piscine, faisant des longueurs paresseuses, se mettant sur le dos et fermant les yeux, ses seins sortant doucement de l'eau.

Christ.

Je pourrais jouir dans mon foutu jean rien que ça.

"David, ramène ton cul ici.

Je grognai doucement et me détournai de la fenêtre, descendant les escaliers jusqu'à me retrouver devant mon père. Je savais de quoi il s'agissait.

Il expira lentement, cet air de déception que j'étais si familier couvrant son visage. Je savais déjà ce qu'il allait dire. Il leva son téléphone portable, comme si cela allait tout expliquer.

"Tu sais avec qui je viens de téléphoner?"

J'ai croisé les bras sur ma poitrine. "Maxwell Davis?" Ce petit connard riche, pompeux et arrogant, dont le père l'a sorti de tous les trous de merde dans lesquels il s'était creusé. Bien sûr, je n'ai rien dit de tout cela parce que cela n'aurait fait aucune différence.

"Maréchal Davis, David. Son père." Il ferma les yeux et se pinça l'arête du nez. "Pourquoi est-ce que tu ne peux pas garder ton nez à l'abri des ennuis ?"

Mon père, militaire dans l'âme, avait été déçu que je n'aie montré aucun intérêt à suivre ses traces. Au lieu de cela, j'ai été traité de mauvais garçon, de fauteur de troubles. Et je l'étais, c'était indéniable.

Je m'en foutais de la majorité des choses.

Jusqu'àRosita est entré dans ma vie, bien sûr.

J'étais comme ça juste après la mort de ma mère. Il a imputé cela à cela, au traumatisme, et a pensé que j'agissais à cause de mon chagrin. Et peut-être que c'était le cas, mais cela ne faisait aucune différence maintenant. À dix-huit ans, je venais tout juste de terminer mes études secondaires, tout commeRosita. Je ne serais pas du genre à aller à l'université, pas comme elle. Elle était super intelligente en plus d'être magnifique.

J'aurais probablement surpris toute l'école, et même toute la putain de ville, en obtenant ce diplôme. Et je savais que tôt ou tard, je devrais déménager. Je ne pouvais pas rester ici, pas avec mon père qui me regardait comme si j'étais une déception, et la tentation très réelle deRosita.

D'ailleurs, pourquoi diable voudrais-je rester alors que même mon propre père me considérait comme une tache sur le « nom de famille » ?

"Réponds-moi, mon fils."

Frank Charles Caldwell.

Même le nom de mon père pouvait faire peur à quelqu'un, tant il sonnait sévère et sec.

"C'est lui qui a commencé cette merde", dis-je sans aucun remords, mais mon père leva la main et secoua la tête. Il était clair qu'il ne voulait pas entendre la vraie histoire et qu'il s'est plutôt trompé sur la parole d'un membre éminent de la ville, même si ce n'était que des mensonges.

« Je ne veux pas l'entendre. Ce n'est pas la première fois que vous rencontrez ce genre de problèmes, et ce n'est même pas le pire. Je sais que ce ne sera pas non plus la dernière. C'est comme ça que tu es depuis des années.

Ce sentiment de mélancolie m'a envahi et je me suis instinctivement éloigné de mon père comme si des tentacules s'étaient enroulées autour de moi et tiraient. Mais je ne l'ai pas laissé entrer. J'étais habitué à ce qu'il me dénigre, sans jamais écouter ce que j'avais à dire. C'est peut-être pour cela que j'ai fait ce que j'ai fait, que je me suis battu, que j'ai eu des ennuis avec la police, que j'ai fait tout et n'importe quoi pour ressentir autre chose que ce trou qui s'était développé et suppuré en moi.

"M. Davis a déclaré que vous aviez volé le portefeuille de Maxwell, puis que vous aviez déclenché une bagarre, ce qui lui avait valu presque de se casser le nez. Vous avez de la chance qu'il ne porte aucune plainte.

J'ai reniflé à l'histoire qui avait été racontée à mon père. « Vous a-t-il également dit que Maxwell harcelait une fille dans le parc ? Vous a-t-il dit qu'il l'avait touchée et l'avait agressée, ce qui l'avait amenée à le frapper au visage et c'est pourquoi il avait failli se casser le nez ? J'ai secoué ma tête. "Pour être honnête, j'aurais dû lui botter le cul jusqu'à ce que ses jambes soient cassées." Mon père est resté silencieux. « Et la situation du portefeuille... » J'ai haussé les épaules, levant la main et la frottant le long de ma joue, sentant la barbe commencer à revenir après mon rasage matinal. "Je n'ai pas besoin de voler quoi que ce soit à ce connard."

Je pouvais voir qu'il ne me croyait pas à la façon dont il plissait les yeux, expirait lentement et secouait la tête.

« Toujours des histoires avec toi. Un jour, vous n'allez pas faire de pause. Un jour, tu vas être renvoyé ou enfermé, et ce sera bien car enfin tu apprendras à éviter les ennuis.

Eh bien, va te faire foutre aussi, papa.

Sur ce, il s'est détourné de moi, a récupéré ses clés sur le comptoir et s'est dirigé vers la porte d'entrée. Je restai là un moment à regarder par la fenêtre de la cuisine, sentant mon agacement et ma colère monter. Mon père croirait un quasi-étranger plutôt que son propre fils.

Je me suis retourné et je me suis figé en voyant Rochelle, ma belle-mère, debout sur le seuil de la cuisine. Elle avait un air sympathique sur son visage, ne détournant jamais son attention de moi. Je ne voulais pas qu'elle se sente mal pour moi, je ne voulais rien de personne.

Après le décès de ma mère, j'ai appris à me replier sur moi-même. C'était mon endroit sûr, un endroit où personne ne pouvait me toucher, un endroit où la souffrance ne pouvait pas me trouver. Et au fil des années, j'ai laissé cela se transformer en un trou noir qui me consumait désormais.

Je suis passé devant elle sans dire un mot et j'ai attrapé mon short de course et mes baskets. Je me suis dirigé vers la porte arrière. J'avais besoin de sortir d'ici, d'aller courir jusqu'à ce que je puisse à peine marcher, d'éliminer cette agressivité supplémentaire.

J'ai vuRosita en sortant de la piscine et je me suis immédiatement figé, cette réaction instantanée en moi à sa présence, à sa simple vue.

"Hé," dit-elle doucement et se dirigea vers sa chaise longue pour attraper sa serviette. J'essayais de ne pas la regarder, mais la façon dont les gouttelettes d'eau descendaient le long de son corps faisait durcir, resserrer tout en moi.

"Hé." Ma voix était rauque comme de la merde.

"Qu'est-ce qui ne va pas?" Elle avait la serviette enroulée autour de sa silhouette élancée, mais cela ne me la cachait pas. En fait, cela montrait ses courbes, le tissu éponge épousant sa forme parfaite.

"C'est toujours la même merde." Elle savait comment était mon père. Bon sang, elle savait comment j'allais.

«Je suis désolée», dit-elle, mais ce n'était pas empreint de sympathie; au lieu de cela, il y avait ce ton sous-jacent de compréhension.

Voyant que je travaillais dur – quand je n'étais pas une menace, bien sûr – économisant pour sortir de cet enfer, loin de mon père qui me faisait me sentir comme de la merde la plupart du temps, j'ai continué à me lancer dans ces conneries épaisses. Mais ensuite je penserais à partirRosita et quelque chose en moi se resserrait douloureusement. Je ne voulais pas la quitter, et à quel point c'était fou ?

Ma demi-sœur, la fille que je convoitais depuis deux ans, la personne à qui je n'avais même jamais dit ce que je ressentais.

La fille dont j'étais tombé amoureux.

Merde.

Je passai ma main derrière ma tête et lui fis un sourire penaud, ne voulant pas l'entraîner dans le désordre qu'était ma vie.

"Tu as des projets ce soir?" » elle a demandé et a souri en faisant quelques pas vers moi. Je sentis mon corps se contracter à sa proximité, son doux parfum n'étant pas masqué par le chlore de la piscine.

« À part se lancer dans le chaos ou faire quelque chose d'illégal ? Je lui ai fait un sourire en coin et elle a ri doucement.

"Ouais, à part ces choses-là." Nous sommes restés là un moment, sans parler, souriant tous les deux, l'air s'éclaircissant. Elle m'a fait me sentir mieux, a fait disparaître suffisamment l'obscurité qui grandissait en moi pour que sa lumière puisse passer. Aussi boiteux et cliché que cela puisse paraître, c'était la foutue vérité.

"Rico Barre organise une fête ce soir et même si je suis sûr que tu en as entendu parler, je voulais savoir si tu aimerais venir avec moi, tu sais, me tenir compagnie, être mon ailier ?"

J'avais tellement envie de lui dire que je l'aimais secrètement, que je traînais les pieds en quittant cette putain de ville à cause d'elle. Mais elle était tellement intelligente, elle avait un avenir devant elle. D'un autre côté, je travaillerais probablement dans un garage en tant que singe gras dans un avenir prévisible, et je ferais peut-être des choses moins que favorables en parallèle pour joindre les deux bouts.

"Une fête pourrait être le dernier endroit où je dois aller." J'ai ri sans humour. Les fêtes et moi ne nous entendions pas vraiment bien, principalement parce qu'il y avait toujours un connard ivre qui faisait pousser des boules d'acier avec un peu de courage liquide. Je me retrouvais généralement occupé à défendre quelqu'un qui n'aurait pas dû avoir besoin d'être défendu. Mais je ne resterais pas les bras croisés et laisserais un connard commencer des conneries avec quelqu'un qu'il juge inférieur à lui, ou agresser une femme parce qu'il pensait qu'elle le voulait.

Non, je n'étais pas ce genre de gars, et je m'en foutais s'ils me qualifiaient de fauteur de troubles, parce que je botterais le cul à quiconque me frotterait dans le mauvais sens. C'est normalement ce qui se passait et c'est pourquoi j'étais dans cette situation particulière.

Et pendant que je regardaisRosita, j'ai pensé à elle à cette fête, à un salaud ivre qui se frottait à elle, prétendant qu'elle voulait quelque chose qu'elle ne voulait pas.

J'ai serré mes mains en poings serrés à mes côtés et j'ai expiré lentement. Même si je ne devais pas aller à la fête, j'y allais parce queRosita serait là. Je serais son ombre, je la garderais à mes côtés.

Et si quelqu'un voulait la déranger, il faudrait d'abord passer par moi.

Chapitre 2

Rosita

Je ne savais pas pourquoi j'avais demandéDavid venir avec moi à cette fête. Je savais que c'était un jeu d'enfant de testostérone dans ces choses-là, avec tout le monde qui buvait et faisait la fête, et avecDavidLa réputation de remettre les gens à leur place se renforce. Sans parler de toutes les conneries qui se passent avec son père et de leur relation tendue.

Égoïstement, je tenais davantage à passer autant de temps que possible avec lui, plutôt que de vouloir lui faire oublier tout le reste.

Parce que ce que je ressentais pour lui, ce désir secret, cette émotion intense, me dévorait et je savais que je ne pouvais plus le garder en moi.

Nous nous dirigeons vers la maison où la fête bat déjà son plein. C'était rempli de monde, la musique était forte et faisait vibrer les murs. La maison était à la campagne, à l'écart de la route principale et située sur cinq acres. Les parents de Rico, qui étaient les propriétaires, étaient actuellement en voyage d'affaires. Cela signifiait une fête à laquelle étaient présents tous les étudiants de la classe supérieure récemment diplômés, ainsi que certains étudiants de deuxième année et une poignée d'étudiants de première année.

La consommation d'alcool par des mineurs n'était pas rare là où nous vivions, car c'était plutôt une ville du genre « conduisez votre tracteur à l'école pendant la semaine de l'esprit ».

Nous étions actuellement dans un étrange vide entre le lycée et l'université, ces quelques mois où vous passiez autant de temps social que possible avec vos amis avant de partir et de commencer votre vie d'adulte.

La foule était dense et nous poussait comme une vague dans l'océan. Je suis tombé surDaviddu côté, et il a enroulé son bras autour de mon épaule, me tirant plus près. J'ai ressenti des frissons à ce contact, sa main si grande, si masculine, enroulée autour de mon bras, sans aucun doute ses doigts capables de me toucher malgré ma petite taille en comparaison. Je me sentais très féminine par rapport à lui. Mesurant six pieds trois pouces, il dominait la plupart des gars avec qui nous allions à l'école, et si cela ne faisait pas fondre toutes les filles, je ne savais pas ce qui le ferait.

J'ai penché la tête en arrière et j'ai levé les yeux versDavid, ses cheveux noirs courts légèrement ébouriffés, comme s'il y avait passé ses doigts. Il avait l'air si masculin, plus âgé que ses dix-huit ans. Avec sa grande stature et sa carrure musclée, il était tout à fait un homme.

Et je me sentais vraiment féminine quand j'étais avec lui.

Il nous a conduits dans la cuisine où je pouvais voir quelques fûts installés. Une bande de sportifs se tenait là, des gobelets en plastique rouges jonchant les comptoirs et débordant de la poubelle. À l'arrière, il y avait une piscine, les lumières se concentraient sur les filles légèrement vêtues assises au bord, riant les unes aux autres et étant douloureusement évidentes alors qu'elles examinaient les gars.

J'ai été poussé et bousculé par inadvertance par la foule, etDavid a tendu la main et a pris ma main dans la sienne, nous gardant attachés ensemble.

"Putain, regarde ça", a-t-il crié aux gars qui me frappaient. Ils marmonnèrent leurs excuses ivres et confuses avant de se diriger vers le salon.

David était mon demi-frère, il était comme une famille depuis deux ans, mais la vérité était que je ne le voyais pas comme ça. Mes sentiments pour lui étaient passés de la curiosité, de l'affection et du désir à un amour véritable. Au cours de ces deux années depuis que j'avais emménagé dans sa maison, notre famille ne formant plus qu'une seule, mon désir pour lui était passé du désir adolescent à l'amour intense.

Je n'avais jamais ressenti quelque chose de pareil pour une autre personne, je n'aurais même jamais pensé pouvoir ressentir des émotions aussi fortes pour quelqu'un. Mais comme je regardaisDavid et j'ai senti des papillons dans mon estomac, j'ai senti mon cœur s'emballer et mes paumes transpirer, je savais que ne pas l'avoir près de moi était une sorte de tourment. Qu'à terme, je devrais être honnête avec lui et avec moi-même, ou risquer de perdre complètement ce que nous pouvions avoir.

Et c'était ce soir, d'où l'ambiance de fête où l'alcool me donnerait le courage dont j'avais besoin pour être honnête.

Il nous a attrapé deux bières, la mousse montant jusqu'au sommet des gobelets en plastique rouge. Quelques-uns de ses amis ont commencé à lui parler de choses dont je n'avais aucune idée : suspensions, châssis, carburateurs et autres jargons liés à l'automobile qui entraient par une oreille et ressortaient par l'autre. Je n'étais pas idiot quand il s'agissait de certaines choses liées aux véhicules, mais ils en parlaient comme s'ils avaient des diplômes, comme s'il s'agissait d'une science.

J'ai pris une bonne gorgée de ma bière, dont la saveur amère était désagréable au début, mais à chaque gorgée, elle devenait plus tolérable. J'avais presque fini de boire ma bière avant même de m'en rendre compte, la chaleur se répandant déjà en moi. J'étais un poids léger lorsqu'il s'agissait de boire et de faire la fête, optant pour de l'eau en bouteille au lieu d'un fût tiré. Mais j'avais décidé de le direDavid ce que je ressentais ce soir, sachant qu'il ne serait plus là très longtemps.

Vingt minutes plus tard, j'étais sur ma deuxième bière et je commençais à vraiment ressentir les effets de la boisson qui me frappait. Je m'appuyai contre le mur près du frigo, sans prendre la peine d'arrêter de regarderDavid, qui parlait encore avec ses amis. Il m'a regardé environ la cinquième fois au cours des dix dernières minutes et j'ai senti mes joues chauffer. Je savais que mon visage était rouge, pas seulement parce qu'il m'avait surpris en train de le regarder – encore une fois – mais parce que chaque fois que je buvais de l'alcool, c'était la réaction que j'avais.

Joues roses et yeux vitreux.

J'étais un rendez-vous bon marché, c'était sûr.

"Rosita! » J'ai entendu mon nom crié à travers la pièce et je me suis retourné pour voir Morgan, ma meilleure amie, levant la main et me faisant un signe frénétique. Je me levai sur la pointe des pieds pour mieux la voir au-dessus du groupe épais de personnes qui nous séparaient.

Elle était rouge et j'en ai compris la raison. Riker Mitchell, quarterback vedette de l'équipe universitaire de football, ou il l'avait été avant d'obtenir son diplôme. Elle n'arrêtait pas de le regarder, ce sourire idiot sur le visage.

J'ai souri et secoué la tête, sachant qu'elle nourrissait des sentiments assez forts pour lui, mais qu'elle ne disait jamais rien, trop effrayée parce qu'elle ne pensait pas qu'elle était assez jolie, assez populaire, pas dans la même ligue que lui. Elle était folle. Morgan était magnifique, et j'étais presque sûr que les regards que Riker lui lançait, la raison pour laquelle il la gardait au niveau d'amie, était parce qu'il avait aussi peur qu'elle.

Elle m'a fait signe de venir, et j'étais sur le point de traverser les gens et de m'approcher d'elle quand j'ai senti une main lourde se poser sur mon bras, m'arrêtant. J'ai regardé par-dessus mon épaule pour voir Sutter juste là, son attention sur moi intense... préoccupée.

"Où vas tu ?" Il était tellement protecteur envers moi. J'ai levé la main et j'ai montré Morgan. Il jeta un coup d'œil par-dessus mon épaule pour voir où je désignais. Il hocha la tête mais au lieu de lâcher mon bras, il fit glisser sa main vers le bas pour pouvoir entrelacer ses doigts avec les miens. Mon Dieu, mon ventre se serrait d'excitation.

Il suffisait de ces petites touches et j'étais mouillée et dans le besoin de lui.

Il nous a fait traverser la foule jusqu'à l'endroit où se trouvait Morgan. Mon cœur battait un peu plus vite à cela, son attitude protectrice, presque possessive, faisant fondre tout en moi.

Il ne m'a pas quitté une fois que je me suis tenu devant Morgan.

Pendant encore vingt minutes, nous sommes restés debout, moi parlant avec Morgan, etDavid parler avec Riker. Je ne pouvais pas m'empêcher de continuer à regarderDavid. La façon dont ma tête atteignait à peine son épaule, la façon dont il s'assurait de rester juste à côté de moi, son bras touchant le mien à tout moment.

J'ai senti quelqu'un me regarder et j'ai jeté un coup d'œil à Morgan pour voir qu'elle était concentrée sur moi, ce petit sourire narquois sur son visage. Je ne lui avais jamais dit la vérité sur mes sentiments pourDavid, non pas parce que je ne lui faisais pas confiance, mais parce que je me sentais mal de dire à quelqu'un d'autre que lui ce que je ressentais.

"Je dois aller aux toilettes", dis-je et j'ai commencé à me diriger vers l'escalier.David Il ne m'aurait peut-être pas entendu à cause de la vague de musique ou du fait qu'il parlait à Riker. Il serait probablement énervé que je ne le prenne pas comme chaperon, mais je n'étais pas aussi fragile qu'il le pensait.

J'étais déjà venu à la maison une ou deux fois lors d'autres soirées, donc je savais au moins où se trouvaient les toilettes. Même si je savais aussi ce que je trouverais probablement : quelqu'un s'est évanoui là-dedans ou des gens baisent.

J'ai monté les escaliers et j'ai poussé les gens à l'écart. Je me dirigeai vers le long couloir en direction de la salle de bain, la porte fermée, et gémissant intérieurement du fait que quelqu'un l'utilisait réellement pour ce pour quoi elle avait été conçue n'était probablement pas en train de se produire à ce moment-là. Avant que j'y arrive, la porte s'est ouverte et quelques-uns sont tombés, la fille riant et le gars ajustant sa braguette et sa fermeture éclair.

Méchant.

Une fois à l'intérieur, je me suis regardé dans le miroir. Mes yeux étaient un peu rouges et vitreux. J'étais un rendez-vous bon marché, un buveur léger, c'était sûr. J'ai utilisé la salle de bain et je me suis lavé les mains, l'alcool me submergeant vraiment après avoir commencé à bouger. Je me sentais un peu plus excité maintenant, un peu plus lâche.

Je me regardai une fois de plus dans le miroir avant de me retourner et d'ouvrir la porte. Mais une poitrine très dure, très masculine, m'empêchait de bouger. Je savais de qui il s'agissait avant de pencher la tête en arrière et de regarder fixementDavidle visage.

« Tu aurais dû m'attendre », dit-il avant que je puisse dire quoi que ce soit.

Je l'ai dépassé, mon indépendance grandissant, mais une partie de moi appréciait qu'il soit si protecteur envers moi. Un gars est entré en moi par accident, etDavid l'a poussé à l'écart. Je le regardai, voulant paraître féroce, mais je sentis le sourire sur mes lèvres. "Tu es fou, tu le sais?"

Il n'avait pas l'air amusé.

La pièce commença à tourner, l'air étant si chaud. Je m'agrippai à son avant-bras. "Je ne me sens pas très bien." Il avait ma main dans la sienne une seconde plus tard et nous conduisait dans le couloir. Nous nous sommes retrouvés dans une chambre vide, la porte fermée, le bruit coupé. L'air était plus frais ici, la cohue des corps ne m'étouffait pas.

Assis sur le bord du lit, j'ai repris mon souffle.

"Êtes-vous d'accord?"David avait l'air si inquiet.

"Je vais bien. Je pense que j'étais juste en train de surchauffer.

"Tu es ivre."

J'ai ri et secoué la tête. "À peine. Oui, mais je passerais un test de sobriété avec brio.

Il est venu et s'est assis à côté de moi. "Mais tu vas bien maintenant?"

J'ai hoché la tête. "Tu sais, tu n'as pas à t'inquiéter autant pour moi." J'ai posé ma main sur sa cuisse vêtue d'un jean et j'ai senti mon cœur s'emballer. Il était si proche et sentait si bon.

"Je ne peux m'empêcher de m'inquiéter pour toi,Rosita.»

La façon dont il a prononcé mon nom a fait revivre chaque partie de moi. Je me suis déplacé sur le lit, une de mes jambes pliée et reposant sur le matelas, je me concentre désormais entièrement surDavid. "Je peux me débrouiller", taquinai-je. Je ne lui ai pas avoué que j'aimais à quel point il était surprotecteur, à quel point il semblait possessif à mon égard.

"Si je suis proche, tu n'as pas besoin de te débrouiller."

Après cela, nous n'avons pas parlé pendant de longs instants, mais j'ai senti quelque chose changer entre nous, j'ai senti l'électricité et la chaleur rebondir, cette charge prenant le contrôle. J'ai senti ma respiration commencer à s'accélérer, mes mamelons se durcir. C'était cette réaction intense d'être si proche deDavid, mon désir si fort qu'il était incontrôlable.

Je ne sais pas combien de temps nous nous sommes regardés, mais j'ai senti l'excitation s'intensifier, je savais que mon pouls battait rapidement dans mes poignets, à la base de ma gorge. La façon dont il me regardait était pleine de chaleur, de besoin. Est-ce que je pourrais lire ceci correctement ? Est-ce qu'il me voulait comme je le voulais ? Mon Dieu, est-ce que quelque chose pourrait arriver entre nous en ce moment ?

David il leva la main et posa ma joue en coupe, ses doigts comme du feu sur ma chair. Et puis il s'est penché plus près, pour que je sache ce qu'il allait faire.

Embrasse-moi.

chapitre 3

18

Rosita

Il m'a embrassé fort, fébrilement, et c'était comme si un animal s'était déchaîné en lui. Je me suis retrouvé dans ses bras, nous étions tous les deux debout. Peut-être qu'il avait voulu me repousser ? Peut-être qu'il avait voulu arrêter ça ? Mais alors qu'il rompait le baiser et me regardait, je pouvais voir à son expression qu'il ne le ferait pas.

Il m'a attiré à nouveau et m'a embrassé avec encore plus de passion.David Sa bite était pressée contre mon ventre et s'appuyait sur moi, encore et encore jusqu'à ce que je ne puisse plus arrêter le gémissement qui venait de moi.

"Rosita", a-t-il grogné contre ma bouche, et j'ai eu le souffle coupé en voyant à quel point c'était bon, à quel point c'était comme un orgasme auditif à lui tout seul.

"Je suis tellement dur pour toi, bébé."

La façon dont il l'a dit, si grossièrement, presque brutalement, m'a fait serrer les cuisses alors que davantage d'humidité s'échappait de ma chatte.

Mon Dieu, j'étais tellement prête pour lui, pour ça.

Les bières que j'avais bu m'ont apaisé les nerfs, m'ont fait me sentir rouge et sexy, comme si je n'avais à m'inquiéter de rien.

"Dites-moi que vous voulez ça", dit-il comme s'il était à bout de souffle.

La pièce était sombre, la seule lumière passant par les stores partiellement tirés, des fentes de lumière se déplaçant le long de son grand corps.

Être devantDavid m'a fait me sentir si féminine, comme si je n'étais rien d'autre que cette fleur délicate dans une tempête déchaînée.

"Je veux ceci." J'avais l'impression que mes joues étaient en feu et j'étais reconnaissante du manque de lumière. La dernière chose que je voulais, c'était qu'il voie que l'alcool m'était monté à la tête. Même si j'étais suffisamment dans le coup pour savoir ce que je faisais, avec qui je faisais ça.

Il déglutit, le son s'amplifia dans la pièce. Il a déplacé ses mains vers le bouton et la braguette de son jean, a commencé à les défaire, et tout ce que je pouvais faire était de rester là et de regarder. Mon cœur était dans ma gorge, la sueur perlait entre mes seins et mes nerfs étaient si forts que j'en avais le vertige.

"Déshabille-toi." La façon dont il a prononcé ces quatre mots a fait battre mon cœur incroyablement plus vite.

Je n'ai pas osé désobéir. Je voulais ça, je voulais être dans ce lit avecDavid au-dessus de moi, la fête fait rage en dessous, mais nous deux dans notre petit monde.

J'ai commencé à me déshabiller, ma chemise d'abord, puis mes chaussures, mes chaussettes et enfin mon pantalon. Je restais là, dans mon soutien-gorge et ma culotte, mes mamelons si durs qu'ils me faisaient mal. J'ai regardé commeDavid fini de me déshabiller. Malgré le fait que les ombres cachaient la majeure partie de lui à ma vue, je savais à quoi il ressemblait.

Masculin.

Des lignes dures.

Muscle défini.

J'ai ouvert la bouche pour dire quelque chose, n'importe quoi, mais avant qu'un mot puisse quitter mes lèvres, il s'est pressé contre moi, son corps si dur là où le mien était doux. Il nous a fait reculer, sa main sur la mienne, l'autre sur ma taille. Le mur nous empêchait d'aller plus loin, mon cœur battant encore plus fort que le bruit sourd de la musique qui retentissait juste en dessous de nous.

C'était peut-être une mauvaise idée, mais cela ne me semblait pas mal. Cela semblait juste, parfait et attendu depuis longtemps. Je blâmerais l'alcool plus tard, ou peut-être qu'il le ferait. Mais pour le moment, rien d'autre n'avait d'importance que de me donner enfin àDavid.

Il a pressé sa bouche contre la mienne et j'ai immédiatement gémi, le goût deDavid mélangé à l'alcool qu'il avait bu, je me sentais encore plus ivre.

J'ai gémi quand il a sucé ma langue dans sa bouche. Sa queue était si dure, si chaude et grosse contre mon ventre. Il a commencé à me pousser doucement, comme s'il ne réalisait peut-être pas ce qu'il avait fait. Mais je ne voulais pas qu'il s'arrête. J'avais besoin de plus.

Mon Dieu, je n'avais jamais été aussi mouillée, même pas quand je me touchais la nuit et pensais à lui.

Il n'y avait pas moyen d'arrêter ça, mais je ne voulais pas que ça se termine. En fait, je voulais que cela aille encore plus loin, aussi loin et aussi largement qu'il est humainement possible.

Il m'a vu, m'a vraiment vu pour la première fois.David Je voulais de moi et si c'était un rêve, je ne voulais pas me réveiller.

"Touche-moi", gémit-il contre ma bouche, guttural et dur. "S'il te plaît." La façon dont il a prononcé ce mot, long, profond et grave, a fait picoter mes tétons et serrer ma chatte. Je voulais quelque chose d'épais et de long, quelque chose de seulementDavid pourrait me donner, enfoncé profondément dans mon corps, soulageant cette douleur. Déplaçant sa bouche de mes lèvres, le long de ma joue, et m'arrêtant finalement près de mon oreille, j'écoutai le halètement rauque de sa respiration. "Touchez moi,Rosita.»

J'ai fermé les yeux et frissonné, mais j'ai passé la main entre nos corps jusqu'à ce que le dos de ma main effleure la longueur chaude et si dure de lui.

"Mon Dieu, avoir ta main là, si près sans me toucher, c'est putain de brutal, bébé."

Mes yeux étaient toujours fermés et, alors que j'expirais grossièrement, tout ce que je pouvais ressentir étaitDavid.

Tout ce que je pouvais sentir, c'étaitDavid.

Tout ce que je voulais, c'était lui.

Il a déplacé sa main le long de ma hanche, le long du bas de mon dos, et s'est arrêté lorsque ses doigts ont effleuré le pli de mes fesses. J'ai juré qu'il retenait son souffle. Je sais que je l'ai fait.

Mais il n'a pas serré la joue comme je l'avais pensé... espéré. Au lieu de cela, il a déplacé sa main entre nos corps, a saisi mon poignet dans une prise douce mais inflexible et a caressé mon pouls avec son pouce.

"Autant que je veux ta main sur ma bite, t'avoir à peine là, sachant que ce sont tes doigts si proches, c'est presque mieux que de descendre."

Mon corps était en feu, ma chatte si mouillée que je sentais ma crème glisser le long de l'intérieur de mes cuisses. Et puis j'ai enroulé ma main autour de son érection, un halètement me laissant enfin le tenir dans ma main.

"Mon Dieu, tu es si grand, si dur", ai-je expiré, sans vouloir prononcer les mots à voix haute.

Il gémit et ferma les yeux. "Tu me rends si dur."

J'ai enroulé ma main autour de sa queue encore plus fort, j'ai commencé à le caresser pendant qu'il me léchait et me suçait le cou. J'étais tellement excité que s'il me touchait juste entre mes jambes maintenant, je descendrais.

"Putain." Il gémit contre mon cou. Sa bouche revint sur la mienne en un instant. Il avait ses mains sur mes fesses, serrant les monticules, me rapprochant de sa bite dure.

Et puis, d'un geste si rapide que je n'ai même pas eu le temps de m'y préparer, David nous ramenait vers le lit.

"Je te veux. J'ai tellement besoin de toi. Il a commencé à pousser contre ma main, l'arrière de mes genoux heurtant le matelas. Je voulais être à plat sur le lit, je le voulais sur moi, me couvrant. La sensation de son pré-éjaculation recouvrait ma paume. Il était chaud, excitant et m'a presque fait supplier pour sa bite à ce moment-là.

"J'ai besoin de toi, David.»

"Le mien", dit-il doucement, comme pour lui-même.

Il a continué à se pousser contre moi et ses gémissements sont devenus plus prononcés.

« Mon Dieu », ai-je expiré.

Et puis il a passé la main entre nos corps, repoussant ma main et saisissant sa bite.

"Touche-moi", grogna-t-il.

Ma gorge se serra et j'enroulai mes bras autour de son cou, me stabilisant pour ce qui allait arriver. Il m'a regardé droit dans les yeux, et rien d'autre n'avait d'importance à part cet instant.

« Mon Dieu, bébé. Tu es tellement mouillé pour moi. Il a saisi ma jambe, l'a soulevée et l'a enroulée autour de sa taille. Il a ensuite frotté sa queue le long de ma fente, effleurant mon clitoris à chaque mouvement ascendant. "Je pourrais venir tout de suite", murmura-t-il. Et puis nous tombions sur le matelas,David au-dessus de moi, son grand corps musclé me coinçant.

Nous avons écrasé nos bouches dans un enchevêtrement de lèvres et de dents. Cela se passait réellement. J'étais vraiment en train de coucher avecDavid.

Je me suis déplacé pour que sa tête soit inclinée juste à mon entrée. J'en avais trop besoin et je n'avais pas peur d'être audacieux pour l'obtenir.

"Mon Dieu, tu es tellement grand." Et il l'était.

Il posa son front contre le mien et nous haletâmes l'un contre la bouche de l'autre. Et puis il a poussé en moi. J'ai serré les dents à la douleur instantanée, mais sachant que j'étais là avecDavid, que c'était lui qui réclamait ma virginité, a transformé cette douleur en plaisir.

J'ai laissé ma tête retomber contre le matelas et j'ai fermé les yeux. J'avais l'impression de brûler vif. Il était enfoui jusqu'au bout en moi, sa queue si épaisse et longue, si dure.David a commencé à entrer et sortir de moi, lentement et facilement au début, me permettant de m'habituer à sa longueur.

"Christ." Il grogna ce seul mot. "Tu te sens tellement bien enveloppé autour de moi."

Voir tous ces muscles durs fléchir sous sa peau me fit frissonner.

J'avais l'impression qu'il était si profondément en moi. Mon Dieu, c'était bien.

Il a enroulé sa main autour de ma taille et j'ai enroulé mes jambes autour de ses hanches.

David a émis ce son grave au fond de sa gorge lorsqu'il m'a frappé particulièrement fort.

Dedans et dehors.

Les bruits de peau mouillée par le désir qui claquaient l'une contre l'autre remplissaient ma tête.

Constant. Mouvements fluides.

Pousser, reculer. Répéter.

Lorsqu'il s'est retiré presque complètement, puis est revenu lentement vers moi, il était un peu plus doux. Il a fait cela à plusieurs reprises, me regardant dans les yeux tout le temps.

"Il y a tellement de choses que je veux dire, tellement de choses,Rosita.»

J'ai gémi et j'ai courbé le dos quand il a frappé quelque chose au plus profond de moi.

"Dis-moi," murmurai-je, supplié.

Il ferma les yeux, la mâchoire serrée. Lorsqu'il les rouvrit, j'y vis la vérité brute qui s'y reflétait. "Tu es à moi", dit-il précipitamment, les mots se répandant. Mais on aurait dit qu'il s'était arrêté, comme s'il voulait en dire plus.

Il a recommencé à m'embrasser passionnément.

J'ai senti mon apogée grimper.

"Rosita", dit-il en posant son front contre le mien. "Je veux te voir venir, j'ai besoin de te voir descendre à cause de moi."

Ses mots, le sentiment de lui en moi, tout cela et bien plus encore m'ont fait respirer plus vite.

Il m'a frappé une, deux fois, et la troisième fois, il s'est arrêté, me regardant dans les yeux, me faisant prendre chaque centimètre de lui.

"Je savais que tu te sentirais aussi bien dans mes bras, serré autour de ma bite, bébé."

Un halètement m'a laissé à quel point ses paroles étaient vulgaires... à quel point j'aimais les entendre. Mais je n'ai rien dit parce que je ne savais pas comment répondre.

Il a commencé à entrer et sortir de moi comme s'il perdait le contrôle. L'odeur et le pouvoir qui émanaient de lui ont été ma perte. Je me suis senti tomber par-dessus bord une fois de plus et j'ai atteint un apogée longue et dure, gémissant doucement alors que le plaisir m'envahissait. Il a continué à pousser jusqu'à ce que je m'affaisse contre lui, puis il s'est retiré, me laissant un sentiment de privation et de vide.

"David—» C'est la seule chose que j'ai sortie avant qu'il ne m'embrasse à nouveau.

Son odeur me rendait encore plus ivre.David m'a couvert de son corps, le poids lourd de ses muscles pressé contre chaque centimètre de moi, faisant serrer ma chatte dans le besoin. Il rompit le baiser et enfouit son visage dans le creux de mon cou, le son de sa respiration profonde dans un orgasme auditif.

"Vous sentez si bon,Rosita. Tellement bon. Il a passé sa langue sur le côté de mon cou et je me suis cambré contre lui, gémissant à cette sensation.

"Tu as tellement bon goût." Il reprit possession de ma bouche, traînant sa langue le long de la mienne, pressant sa langue contre la mienne. J'étais impuissant à essayer de comprendre ce qui se passait, à comprendre ce que je faisais.

« Mon Dieu », ai-je expiré, étourdi par ce qu'il me faisait ressentir, par le courant de la bière qui coulait dans mes veines. Il a continué à m'embrasser, puis a déplacé sa bouche le long de mon cou une fois de plus pour lécher le pouls qui battait frénétiquement juste sous mon oreille.

"Se sentir bien,Rosita?"

J'ai hoché la tête, incapable de parler.

« Dis-moi », demanda-t-il durement.

"Si bon,David. »

Il gémit et les vibrations de ma gorge allèrent directement jusqu'à mon clitoris.

"J'adore quand tu dis mon nom parce que tu es tellement excité."

Je voulais qu'il me touche, désespérément. Comme s'il lisait dans mes pensées, il glissa sa main sur ma poitrine et prit ma poitrine en coupe.

Une vierge. C'était ce que j'étais. Je ne lui dirais pas, je n'arrêterais pas ça et je lui confierais que je n'avais jamais été avec un homme auparavant. Peut-être qu'il le savait déjà, qu'il le ressentait en déchirant mon innocence.

Ou peut-être qu'il ne le savait pas, qu'il n'était pas capable de le dire.

La pièce tournait et je ne savais pas si c'était parce que j'étais si loin dans mon excitation ou parce que j'avais bu un peu plus que ce que j'aurais dû boire. Quoi qu'il en soit, j'avais l'impression de flotter.

Un faible grondement le quitta et il aplatit sa langue à la base de ma gorge, la remontant lentement.

Lorsqu'il s'est reculé, il a regardé tout mon corps.

Il a repoussé à l'intérieur de moi et j'ai crié.

« Regarde-moi, bébé. Regarde ce que je te fais.

Je me suis levé et j'ai appuyé le haut de mon corps sur mes coudes, le regardant se retirer de moi et revenir à l'intérieur.

"Tu vois ce que tu me fais, à quel point tu me rends dur ?" Sa bite brillait de mon excitation. Il a commencé à pousser un peu plus vite, ma chatte serrant sa longueur, s'étirant autour de sa circonférence. Il prit un sein nu, fit rouler le mamelon entre son pouce et son index et passa au suivant.David j'ai fait cela à plusieurs reprises tout en continuant à m'enfoncer, encore et encore jusqu'à ce que je devienne insensé par le besoin.

En écartant encore plus mes jambes pour qu'il puisse placer ses hanches entre elles, je sentis l'air me quitter lorsque tout son poids me pressa à nouveau contre le lit. Quelques secondes plus tard, il s'est appuyé sur ses avant-bras près de ma tête et a soulevé partiellement le haut de son corps. Il ne m'a jamais quitté des yeux.

"Enroule tes jambes autour de moi, bébé."

J'ai levé mes jambes et les ai accrochées autour de sa taille fine. Il ne me taquinait plus, il me frappait juste fort et vite. Baise-moi.

Un soupir de douleur et de plaisir m'a quitté.

Un masque d'extase recouvrait son visage, la transpiration recouvrant sa peau.

«Tu ne sauras jamais à quel point tu te sens bien pour moi; comme c'est bon d'être à l'intérieur de son corps. L'air drogué qu'il portait faisait contracter mes muscles intérieurs autour de sa longueur, ce qui le faisait gémir au fond de sa gorge.

Il expira durement, ses grosses couilles me frappant le cul alors qu'il me poussait plus fort qu'avant. "Ce n'est rien comparé à ce que je veux faire." Son visage devint féroce. "Je veux posséder ton corps... te posséder."

Et puis il est devenu un homme sauvage, décomplexé, intense... libre dans sa passion. QuoiDavid ce que je faisais à ce moment-là ne pouvait pas s'appeler autre chose que de me baiser brutalement.

«Je suis désolé», grogna-t-il. "Je devrais vous y prendre lentement, soyez doux." Il ferma les yeux et gémit. « Mais je ne peux pas. Tu te sens trop bien, putain. Mes seins tremblaient sous la force de ses poussées.

Il a émis ce son grave, presque animal avant de me pomper une, deux fois, et la troisième fois, en enfouissant sa bite si loin en moi, j'ai crié en arrivant.

Il a pompé tout son sperme en moi, m'a rempli pour que j'aie été marqué par lui. J'avais l'impression d'être désormais à lui.

Nous sommes tombés sur le côté en même temps, etDavid a immédiatement enroulé ses bras autour de moi, me rapprochant de lui. J'étais défoncé par l'euphorie qui m'envahissait, par ce que nous avions partagé, par le fait que j'avais donné ma virginité àDavid. Il était encore à moitié dur en moi, et même si je devais regretter ce que j'avais fait, même si je savais que cela causerait probablement beaucoup de problèmes le matin, tout ce que je ressentais était de l'euphorie.

j'étais avecDavid, et à ce moment-là, rien d'autre n'avait d'importance.

Chapitre 4

29

David

je me suis accrochéRositala main et l'a conduite hors de la fête. Mon cœur battait encore la chamade après ce que nous avions fait. Nous n'avions pas beaucoup parlé après coup, mais elle devait savoir que ce n'était pas une aventure d'un soir. Je n'allais pas la laisser partir.

Je l'ai regardée par-dessus mon épaule,RositaL'attention est portée sur le sol, la longue chute de ses cheveux noirs masquant une partie de son visage. Je devenais dur rien qu'en la regardant, la sensation de sa main dans la mienne, le souvenir de ce que nous avions fait. Elle avait été si réceptive envers moi, si réceptive envers moi. Elle s'était emparée de chaque partie de moi, l'avait revendiquée comme la sienne.

Elle ne le saura peut-être jamais, ne le comprendra peut-être jamais complètement, mais c'était la vérité. Je n'allais pas laisserRosita aller.

Elle était à moi depuis le moment où elle était entrée dans ma vie. Son apparence, sa douce odeur, la façon dont elle se sentait en dessous de moi. Personne ne pourrait jamais me prendre ça. Nous étions si jeunes, je le savais, mais ce que je ressentais pour elle était réel.

Notre âge n'était pas un obstacle.

Notre famille n'était pas un obstacle.

je serais avecRosita.

Nous n'avons peut-être pas parlé pleinement de ce que tout cela signifiait, mais nous avions tout le temps du monde. Je ferais en sorte qu'elle sache exactement où j'en étais.

Nous avons quitté la maison et avons commencé à traverser la pelouse. J'avais besoin de la ramener chez elle où elle serait en sécurité et l'idée qu'un salaud ivre la drague n'était pas une menace, ne ferait pas de moi un connard possessif.

Je l'ai rapprochée de moi, les ivrognes se faufilant d'avant en arrière, se rapprochant trop de ce qui était à moi.

Ce sentiment possessif m'a frappé en sachant que je l'avais réclamée. Je l'ai remplie, je lui ai fait prendre jusqu'à la dernière goutte de mon sperme. Je n'avais aucun doute que si j'écartais ses jolies cuisses et que je passais ma langue à l'intérieur de ses cuisses, je pourrais me sentir sur elle. J'ai entendu ce grondement fort et j'ai réalisé qu'il venait de moi, un son presque primal qui avait quitté le centre de ma poitrine.

Avant que nous fassions un autre pas, quelqu'un l'a frappée, la poussant contre moi assez fort pour que nous trébuchions tous les deux en arrière. Un ballon de football a atterri à quelques mètres, le gars qui avait frappéRosita riant d'un air odieux alors qu'il nous regardait. Il était clair qu'il avait été saccagé, le regard vitreux et cerclé de rouge dans ses yeux clair.

Il avait l'air en sueur, comme s'il avait fait des tours dans la maison. Il porta la bouteille de bière qu'il tenait à sa bouche et en but une longue gorgée, la finissant avant de la jeter de côté, le verre se brisant contre le trottoir. Il a commencé à rire plus fort, ce qui a amené ses copains à faire la même chose.

"Regarde où tu vas, putain", dit-il en riant. Je n'ai pas manqué la façon dont il se concentrait surRosita, ou la façon dont il la regardait de haut en bas. Il se concentrait sur elle et il se lécha les lèvres.

« Putain, regarde où on va ? Vous nous avez croisé. J'ai serré mes mains en poings à mes côtés. J'aurais dû m'éloigner mais je me sentais avancer, voulant frapper ce type sur le cul. Je savais qui il était, l'un des enfants riches de l'école, un connard pompeux qui pensait pouvoir tout faire sans aucune répercussion parce que son père le renflouerait.

Je me suis retrouvé à faire un autre pas en avant. Il n'arrêtait pas de la surveiller et cela m'a énervé. Elle était à moi et personne d'autre ne pouvait la regarder.

Quelques-uns de ses copains sont venus et se sont tenus derrière lui, peut-être voyant la tension entre tabous, l'expression sur mon visage qui disait que j'étais sur le point de lui botter le cul. Mais je pourrais tous les prendre. J'étais grand pour mon âge, grand et musclé après m'être entraîné. Il y en a peut-être trois maintenant, mais bon sang, je les éliminerais tous.

Je me sentais tellement possessif Rosita, tellement énervé qu'il l'ait frappée, qu'il la surveillait, que j'avais du mal à me contrôler. J'ai eu du mal à m'en aller même si je savais que c'était la chose intelligente à faire.

Mais Rosita a tiré sur ma main, ses petits doigts enroulés autour de mon poignet, cette bouée de sauvetage qui m'a immédiatement fait m'arrêter et la regarder.

"Il n'en vaut pas la peine," dit-elle doucement.

J'ai senti que tout s'estompait, comme si rien d'autre n'avait d'importance à part la sortir d'ici. Et c'est exactement ce que j'ai fait, j'ai tourné le dos à ce connard et à ses amis et je me suis éloigné d'eux, la guidant.

"Chatte", dit-il et je sentis mon corps se tendre. Mais je pourrais gérer quelques injures sournoises.

"Même si tu peux la quitter", a-t-il ajouté. « Elle et moi pouvons passer un très bon moment. Je parie que sa chatte est aussi serrée que ça lui colle au cul.

J'ai senti cette maîtrise de soi se briser de moitié. Je me suis retourné et Rosita j'ai essayé de me retenir. Je pouvais l'entendre me le dire, me demandant de laisser tomber. Mais je ne pouvais pas. Il l'avait insultée, avait été vulgaire à son égard. Il avait besoin de mon poing au visage pour apprendre une leçon.

J'ai vu du rouge, tout mon corps tendu, mes muscles se contracter. Lui et son copain ont commencé à rire, et à ce moment-là, plus rien n'avait d'importance. J'étais sur lui une seconde plus tard, le plaquant au sol et renversant ses amis. Il était plus petit que moi mais costaud, il avait un corps de lutteur. Je lui ai frappé le visage avec mon poing. Sa tête penchée sur le côté, le sang coulait comme si un robinet était ouvert.

Ses amis étaient sur moi, essayant de me tirer d'affaire, me lançant des coups de poing dans les côtés. Mais je n'ai ressenti que ma rage envers ce petit connard. Je lui ai de nouveau frappé le visage avec mon poing, j'ai entendu des os craquer, j'ai vu du sang éclabousser sa chemise.

Il a utilisé sa force pour me faire rouler et c'est désormais lui qui était au-dessus, son poing se connectant à ma mâchoire. Mais je n'ai ressenti aucune douleur. Tout ce que je ressentais c'était ce besoin intense de me vengerRosital'honneur. Comme si j'étais un putain de héros de la vieille école qui avait besoin de réparer un tort. En ce qui la concernait, rien d'autre n'avait d'importance si ce n'était de la protéger, même si cette protection venait des mots.

Nous nous sommes accrochés au sol, les coups de poing ont été lancés, les gens criaient pour voir plus de violence. Je ne savais pas combien de temps nous avions combattu, peut-être quelques instants, peut-être plus longtemps, mais avant que je sache ce qui se passait, le son des sirènes retentit dans l'air.

Tout me revenait en trombe, les bruits autour de nous, les gens se dispersant dans des directions différentes. Mais je me suis quand même battu avec ce connard. Ses copains ont essayé de me retirer, mais lui et moi étions trop impliqués pour reculer.

"Espèce de connard", grogna-t-il lorsque je lui enfonçai mon poing dans le ventre. "Tu vas tomber pour ça." C'est la dernière chose qu'il a dite avant que la police ne nous sépare. J'ai finalement inspiré et laissé la réalité pénétrer. J'ai regardé ce connard, du sang couvrait son visage et sa chemise, sachant que j'avais probablement la même apparence. Mais cela en valait la peine.

J'ai vu les policiers lui parler, le rassurant presque. Dans cette petite ville merdique, l'argent permettait de se faire des amis, et il était clair que j'allais être celui qui se ferait avoir dans tout ça. J'ai regardéRosita de voir ses mains se couvrir la bouche, les yeux écarquillés. Les larmes coulaient sur ses joues et je sentais ma poitrine se serrer de douleur.

Je mettrais ce regard sur son visage.

Moi.

Et peu importe ce qui s'est passé, quelles que soient les répercussions de tout cela, la seule chose que j'ai regrettée, c'est de ne pas l'avoir écoutée et de m'être éloignée.

Chapitre 5

34

Rosita

Je savais comment ça finirait dès queDavid lança le premier coup de poing.

Michael Crawford faisait partie de l'élite de la ville, un connard avec beaucoup d'argent et un connard pour un père qui n'hésitait pas à utiliser ses relations pour obtenir ce qu'il voulait.

C'est pourquoi j'ai essayé de l'arrêter, pas seulement parce que je savaisDavid causerait de sérieux dégâts, mais comme je savais que Michael n'hésiterait pas à l'enterrerDavid. Et alors que je les regardais mettre l'homme que j'aimais à l'arrière du véhicule, ce nœud serré et sombre dans mon estomac s'est intensifié.

Michael était à côté de son père, un ambulancier les surveillait. Le père de Michael a parlé avec l'un des policiers, les deux hommes souriant comme s'ils parlaient d'une journée au country club.

La fête, même si des mineurs avaient consommé de l'alcool, n'était clairement pas le problème. Même si de nombreux fêtards s'étaient dispersés, il semblait que les policiers s'en fichaient qu'il y ait suffisamment d'alcool sur les lieux pour ouvrir un petit magasin d'alcool.

Non, ils étaient plus inquiets du nez cassé et de l'ego meurtri de Michael. De toute façon, ils baiseraientDavid et je savais que personne ne pouvait rien y faire.

DavidLe père de n'avait pas le genre d'argent ou de relations que ces gens-là. Il était col bleu jusqu'au bout. j'ai regardéDavid et j'ai vu qu'il me surveillait. Il a dit quelque chose mais je n'ai pas pu le comprendre. J'ai fait un pas en avant, voulant aller vers lui. Il m'a fait un petit sourire alors que le véhicule s'éloignait.

Et à ce moment-là, mon cœur s'est brisé, il s'est brisé en deux.David partir, c'était comme si une petite partie de moi l'accompagnait.

Mais je l'attendrais. Je l'attendrais toujours.

J'avais l'impression d'être dans une cage, et je suppose que oui. Je me suis assis sur la chaise en plastique dur, un petit comptoir devant moi, une barrière en plastique entre moi etDavid. Il n'avait pas bougé depuis qu'il s'était assis un instant plus tôt, me fixant simplement, son visage affichant cette expression dure et stoïque. Je pouvais dire qu'il n'était pas content que j'étais là, mais je devais le voir, même si c'était dans cette situation.

J'ai atteint ma droite et j'ai ramassé le téléphone en plastique noir. L'épais cordon en métal argenté qui sortait du bas était fixé au mur. Cela m'a rappelé un téléphone public de la vieille école. En le tenant près de mon oreille, j'ai regardéDavid, en attendant qu'il fasse de même. Finalement, il expira, ses épaules légèrement affaissées alors qu'il prenait le téléphone et le portait à son oreille.

"Salut", dis-je, ne sachant pas quoi dire d'autre. Il avait été incarcéré pour agression, le père de Michael tirant les ficelles pour le faire incarcérer ici. Même s'il ne s'agissait pas techniquement d'une prison, c'était une sorte de centre de détention pour mineurs malgré le fait qu'il était un adulte. Je suppose que c'était un petit miracle. Le père de Michael aurait probablement pu empirer les choses.

Je suppose que c'était plutôt un lieu de détention pour les dégénérés et les mauvais garçons. Cela m'a encore brisé le cœur de le voir de l'autre côté de cette barrière en plastique. Je ne voulais rien d'autre que de lui tendre la main, de le serrer dans mes bras, de lui dire que je n'irais nulle part. Mais l'expression de son visage me disait qu'il s'était arrêté et qu'il avait construit ce mur autour de lui.

"Parle moi,David.» Je détestais qu'il soit si fermé. Il était ainsi lorsque nous avons commencé à vivre ensemble, lorsque ma mère avait épousé son père. Mais il ne lui avait pas fallu de temps pour s'ouvrir à moi. Puis nous sommes devenus amis, inséparables, et mon amour pour lui a grandi.

"Je déteste que tu sois là", a-t-il finalement admis. "Je ne veux pas que tu reviennes,Rosita.» Sa mâchoire se serra après avoir parlé, comme s'il n'avait pas voulu prononcer ces mots.

J'ai refusé de pleurer devant son ton dur. Nous n'avions pas pu être ensemble, nous n'avions pas pu parler de ce que nous avions partagé ce soir-là lors de la fête. Il avait été emmené si vite que mon monde avait basculé.

"David, tu es juste contrarié. Je ne peux pas croire que tu ne veux vraiment pas de moi ici. J'ai enroulé ma main encore plus fort autour du téléphone quand il ne répondait pas, j'ai juste gardé cette expression stoïque. "Tu ne veux pas me voir toute l'année?" Ai-je demandé avec incrédulité.

«Je ne veux pas que tu me voies comme ça. Donc non,Rosita. Je ne veux pas que tu reviennes. Sa voix se brisa à la fin, comme s'il essayait de garder ses émotions sous contrôle. "Je t'aime, mais s'il te plaît, bébé. S'il vous plaît, restez à l'écart. Et puis il a remis le téléphone sur le support et je suis resté là, avec l'impression que mon cœur venait d'être arraché de ma poitrine pour la deuxième fois.

Chapitre 6

Rosita

Six semaines plus tard

Je ne savais pas ce qui s'était passé, seulement qu'il avait été renvoyé de ma vie pour l'année suivante. Mon cœur battait à tout rompre, les larmes menaçaient de couler. Mais je me suis forcé à être fort. Même si s'effondrer semblait être la chose la plus facile à faire en ce moment, quelque chose à laquelle je voulais désespérément céder.

Je me suis redressé et j'ai expiré lentement, m'efforçant de rester fort, surtout en ce moment. Mais ma perte a été le petit test dans ma main, ce petit bâton avec deux signes plus en rose, qui m'a mis au bord de la dépression.

Enceinte.

Je n'avais fait l'amour qu'une seule fois, me livrant à une seule personne.

Mais il semblait que cela suffisait.

Je suis tombée enceinte à partir de cette nuit-là avecDavid.

Mes mains tremblaient et j'avais l'impression que le lien qui me maintenait au sol était sur le point de se briser en deux.

Et je ne pourrais même pas lui en parler, pas maintenant du moins.

J'ai fermé les yeux et j'ai pensé à l'avenir, à ce que cela signifiait, à la manière dont chacun le gérerait. Je savais une chose avec certitude, c'était que je ne le dirais à personneDavid était le père, personne sauf ma mère et mon beau-père. Ils méritaient au moins de savoir.

Mais que diraient-ils, que penseraient-ils de moi maintenant ?

Enceinte à dix-huit ans du bébé de mon demi-frère.

Il était connu comme un délinquant, un fauteur de troubles. Mais je le voyais comme le garçon que j'aimais, la personne avec qui je voulais passer le reste de ma vie. Et il n'était même pas là pour m'aider à traverser ça, pour me garder les pieds sur terre.

Ce lien a commencé à s'effilocher.

Et puis les larmes ont coulé, de grosses gouttelettes d'eau salée tombant en cascade sur mes joues et atterrissant sur mes cuisses vêtues de jean. J'ai posé la bandelette de test sur le comptoir et essuyé mes larmes, expirant lentement par mes lèvres pincées alors que je regardais la porte fermée de la salle de bain.

Enceinte.

Une mère avant même d'avoir atteint l'adolescence, avant même d'aller à l'université.

Mon Dieu, ma vie avait radicalement changé, et tout cela à cause d'une nuit de passion.

Je n'attendrais pas pour le dire à ma mère. Quel était le but ? Ma mère et mon beau-père finiraient par le découvrir – bon sang, la ville le découvrirait bien assez tôt.

Je me levai et fis face au miroir, plaçant mes mains sur l'évier. La fille qui me regardait dans le reflet avait des yeux cerclés de rouge et des joues brillantes à cause des larmes coulant sur sa peau.

Reste fort.

«Je peux le faire», ai-je dit à cette fille, qui avait l'air si effrayée et incertaine à ce moment-là. "Je dois faire ça."

Je n'avais pas de choix.

J'ai posé ma main sur mon ventre et j'ai baissé les yeux.

Un bébé.

DavidC'est bébé.

Et au milieu de toute la peur qui me consumait, j'ai ressenti une lueur de bonheur, une lumière au bout d'un très long et sombre tunnel.

j'avaisDavidC'est bébé.

Ma mère et mon beau-père étaient silencieux alors qu'ils étaient assis en face de moi, les yeux de ma mère écarquillés et cet air d'horreur sur son visage. Bien sûr, je ne m'attendais pas à ce qu'ils soient d'accord avec le fait que je sois enceinte à dix-huit ans, et je ne m'attendais surtout pas à ce qu'ils soient d'accord avec le fait que mon père soit en cloque.David.

Mais c'était la vie. Réalité.

Frank ferma les yeux et expira brusquement, se penchant en arrière sur la chaise avant d'ouvrir les yeux et de fixer le plafond. Un muscle sous sa mâchoire palpitait, sa colère était tangible malgré le fait qu'il ne disait rien.

Ses bras étaient croisés sur sa poitrine, la chemise s'étendant largement sur son corps musclé.David ressemblait tellement à son père, mais oùDavid avait cette attitude décontractée, presque légère quand il était avec moi, Frank était endurci, presque froid et clinique dans tout ce qu'il faisait, dans chaque façon dont il agissait.

"David?" Ma mère qui murmurait son nom m'a vraiment touché le cœur. Cela semblait si douloureux.

Tout ce que je pouvais faire, c'était hocher la tête.

Que pourrais-je dire d'autre ?

Que pourrais-je faire d'autre ?

"Je veux dire, vous ne saviez pas comment les bébés sont créés ?" C'était mon beau-père qui parlait maintenant, sa voix tranchante comme la lame d'un couteau.

"Parfois, les choses arrivent." Je n'ai pas pris la peine de lui dire que nous n'avions pas utilisé de protection, que nous n'avions même pas pensé aux répercussions de nos actes.

Ce n'était pas son affaire, et ce n'était certainement pas le sujet de la conversation en ce moment.

Que nous ayons utilisé ou non un préservatif n'avait pas d'importance de toute façon. J'étais déjà enceinte.

Il n'a pas répondu, il a simplement secoué la tête et regardé ma mère. Elle avait maintenant sa main couvrant sa bouche, sa concentration sur moi et un air de déception clair. Mon beau-père se leva, la chaise glissant sur le parquet. Il quitta la salle à manger, le silence s'étendant entre ma mère et moi.

"Dieu,Rosita", dit-elle finalement en tendant la main pour prendre ma main dans la sienne. C'est ce petit contact, ce réconfort lorsqu'elle m'a serré la main, qui m'a fait craquer. Et quand j'ai pleuré, elle a commencé à pleurer. Nous étions tous les deux en sanglots à la table de la salle à manger parce que c'était tout ce que nous pouvions faire en ce moment.

"Je suis désolé de t'avoir déçu", dis-je en essuyant mes larmes avec ma main libre. «Mais je l'aime, maman. J'aimeDavid tellement."

Elle m'a lancé ce regard triste. "Oh chérie."

"Je suis désolé," répétai-je.

Sa tristesse s'est transformée en un petit sourire presque rassurant. «Je ne suis pas tellement contrarié que ce soitDavidC'est bébé, chérie," dit-elle doucement. « Je veux dire, j'avais vu la façon dont vous vous regardiez. Ce n'est pas vraiment une surprise que vous vous réunissiez.

Cela m'a choqué et je savais que cela se reflétait sur mon visage.

« Mais je suis plus préoccupé par le fait que tu aies un bébé si jeune. Ça va être si dur, chérie.

Ma mère s'est levée et s'est dirigée vers moi. «Mais tout ira bien. Nous allons nous en assurer, d'accord ?

Et tout ce que je pouvais faire, c'était hocher la tête, reconnaissant d'avoir au moins une personne à mes côtés.

Chapitre 7

43

David

Un an plus tard

Le taxi s'est arrêté devant la maison de mes parents et pendant un moment je suis resté assis là, figé dans le passé, me souvenant de chaque jour passé entre ces quatre murs. Je n'étais parti que depuis un an, mais bon sang, ça m'avait semblé une éternité.

J'ai remis de l'argent au chauffeur et je suis descendu, le sac en plastique contenant les quelques affaires que j'avais laissées avec un rappel de l'endroit où j'étais au cours des douze derniers mois. Je suppose que j'aurais pu m'estimer chanceux de n'avoir eu qu'un an.

Michael aurait pu pousser plus longtemps.

Son père aurait pu être plus dur avec moi.

C'est ce que je me suis dit en tout cas, en me rappelant que je n'allais pas là-bas pour finir ce travail, en le battant pour toute la merde qu'il m'a fait subir. Pour toute la merde qu'il m'avait enlevée.

Je me suis dirigé vers l'intérieur, sachant que je devais en finir avec ça. J'ai vu les voitures de mon père et de ma belle-mère dans l'allée, je savais que les garder à l'écart l'année dernière n'était probablement pas la meilleure chose, mais je savais aussi que je ne les avais pas voulu là où j'étais,Rosita soit.

J'ai d'abord pensé à frapper, mais j'ai dit merde. J'ai tourné la poignée et j'ai poussé la porte. Tout se ressemblait, tout sentait la même chose. J'ai entendu quelqu'un dans la cuisine, alors après avoir posé mon sac par terre, je me suis dirigé dans cette direction.

Je me suis arrêté quand j'ai vu ma belle-mère debout près de l'évier. J'ai posé mes jointures sur la charpente en bois de l'entrée et elle a regardé par-dessus son épaule. Elle a souri, m'a fait face et était devant moi seulement une seconde plus tard. Elle m'a embrassé, son corps si petit comparé au mien, le parfum des citrons et du savon à vaisselle remplissant ma tête. Cela m'a rappelé le bonheur, avant de me lancer dans ce combat, avant d'être éloigné deRosita.

"C'est si bon de te revoir,David.»

Je l'ai serrée dans mes bras et j'ai fermé les yeux.

Cela avait semblé durer plus de douze mois.

Cela avait semblé une éternité.

Je me suis reculé et j'ai souri, ressentant de l'amour pour Rochelle. Depuis que ma propre mère était décédée quand j'étais plus jeune, Rochelle était aussi proche d'une mère que je ne l'avais jamais été, même pendant le peu de temps que nous avions passé l'un dans l'autre. J'ai senti quelqu'un s'approcher derrière moi et j'ai su sans me retourner que c'était mon père.

Rochelle me tapota doucement la poitrine et me fit un autre sourire avant de passer devant moi et de nous laisser seuls. Je me suis retourné et j'ai fait face à mon père, l'homme qui avait toujours été si sévère et rude, si endurci et strict. Mais malgré tout cela, j'ai quand même eu des ennuis et j'avais maintenant un an à mon actif.

Nous n'avons pas parlé pendant plusieurs instants et finalement j'ai expiré lentement, sachant que je devais juste en finir avec ça. J'étais sûr qu'il avait beaucoup de choses à me dire, à quel point il était déçu par moi, à quel point j'avais ruiné ma vie, à quel point j'aurais dû penser aux répercussions.

J'ouvris la bouche pour dire quelque chose, n'importe quoi, mais il fit un pas en avant, faisant loger les mots dans ma gorge. Et avant que je réalise ce qui se passait, il m'a pris dans ses bras. Il a posé sa paume sur mon épaule, me donnant une tape affectueuse, un geste masculin qui lui montrait son affection.

J'étais abasourdi, choqué qu'il ne me réprimande pas à ce moment-là.

Il recula, sa main tenant toujours mon biceps alors qu'il me regardait dans les yeux.

"Je suis désolé", dit-il finalement, sa voix grave et claire.

Je ne savais pas quoi dire, alors je n'ai rien dit. Il recula d'un pas, leva la main et se passa la nuque. «Je suis désolé de ne pas croire davantage en toi. Je suis désolé d'avoir toujours été sur ton cul à propos de tout. Je suis désolé pour beaucoup de merde, David.» Il détourna le regard et s'éclaircit la gorge, comme si c'était dur pour lui. "Mais je suis vraiment désolé de ne pas être un meilleur père."

De toutes les façons dont ce moment s'était déroulé dans ma tête, ce n'était certainement pas quelque chose à quoi je m'attendais. J'ai ouvert et fermé la bouche plusieurs fois parce que je ne savais pas quoi dire à ça.

"Après votre renvoi, beaucoup de conneries ont été révélées, dont aucune n'aurait amélioré votre situation, mais des choses qui m'ont dit que vous n'étiez pas responsable de beaucoup de conneries." Il baissa la tête un moment, le silence épais. "Et j'ai voulu venir te rendre visite tellement de fois, mais après qu'on m'ait dit que tu ne voulais personne là-bas, eh bien..." dit-il en passant sa main sur son visage, les journées de peau couvrant ses joues et sa mâchoire. «Je me suis dit qu'à partir de ce moment-là, je travaillerais pour devenir un meilleur père. J'ai besoin de l'être parce que... » Il n'a pas fini sa phrase et j'ai senti mes sourcils se baisser. «Je sais juste que les choses doivent être différentes. Après le décès de votre mère, cela a été dur pour vous. Je sais que. C'est peut-être pour cela que vous avez agi. Je ne sais pas." Il sourit, sincèrement. « Mais ce que je sais, c'est que tout cela n'a plus d'importance. La famille est ce qui est important.

«Je ne sais pas quoi dire», ai-je admis honnêtement. C'était un cent quatre-vingt sur la façon dont je pensais que ces retrouvailles se dérouleraient. J'ai regardé le sol carrelé, honnêtement, je ne savais pas trop comment réagir à tout cela. La seule personne à laquelle je pensais étaitRosita. J'ai levé la tête et regardé mon père, j'ai vu Rochelle revenir dans la cuisine un instant plus tard. "Où estRosita?" J'ai senti la façon dont l'air semblait changer, comment la pièce devenait plus chaude, la tension m'envahissait.

Rochelle et mon père se regardèrent, l'expression qu'ils échangèrent me rendit tendu. "Qu'est-ce qui ne va pas? Où estRosita?"

"Tout va bien, chérie", dit Rochelle. « Elle est à la pâtisserie récemment ouverte en ville. J'y travaille depuis près de six mois. Je pouvais voir que Rochelle avait l'air nerveuse. "Je pense que tu devrais aller lui parler."

"Est-ce qu'elle va bien?" Maintenant, plus que jamais, j'étais inquiet. Ils agissaient bizarrement.

"Elle va bien." Elle se dirigea vers le comptoir et attrapa un jeu de clés. "Prend ça." Elle me les a remis. « Prends le camion de ton père. Il est garé sur le côté de la maison.

J'ai pris les clés. "Que diable se passe-t-il?"

"Va juste lui parler." C'est mon père qui parlait maintenant.

"Conduire prudemment-"

J'étais déjà en train de me retourner et de sortir par la porte d'entrée avant même qu'elle ait fini de parler.

J'ai coupé le moteur lorsque je me suis arrêté sur le trottoir, regardant la pâtisserie. Mon cœur battait à toute vitesse, mes nerfs étaient si forts que j'étais surpris de pouvoir rester au sol.

À l'intérieur de cette petite boulangerie familiale se trouvaitRosita, la fille que j'aimais plus que tout, la personne que j'avais repoussée il y a un an parce que je ne supportais pas l'idée qu'elle me voie enfermé. Mais les choses seraient différentes maintenant. Je m'en assurerais.

J'ai retiré les clés du contact et suis sorti du camion, claquant la porte et restant là un moment. Honnêtement, j'ai été surpris que mon père m'ait laissé emprunter ce camion de merde, quelque chose qu'il possédait depuis que j'étais un petit garçon. Il y avait de la rouille sur les roues, une fissure traversant directement le centre du pare-brise et le silencieux était en train de se détacher, donc on aurait dit qu'un derby de démolition se préparait sur la route à chaque fois que je commençais à ce foutu truc.

Mais ce n'était pas comme si j'avais autre chose pour le moment, pas encore en tout cas. Je trouverais un travail, je trouverais un logement convenable. Et quand j'aurais tout ça, je m'assurerais que j'étais digne d'avoirRosita comme le mien.

Parce que si j'étais sûr d'une chose au cours de l'année écoulée, c'était que je ne m'éloignerais pas d'elle.

J'ai commencé à contourner l'avant du camion, le bruit des gens qui riaient de l'autre côté de la rue attirant mon attention. J'ai regardé à ma gauche et j'ai regardé la petite garderie. Je pouvais voir quelques femmes tenant des bébés alors qu'elles se tenaient près de la porte d'entrée, le bruit des bébés riant fort. Même si le centre-ville était assez petit, de nombreuses entreprises locales étaient installées sur cette artère principale.

Me concentrant de nouveau sur la pâtisserie, je me dirigeai vers le trottoir et me dirigeai vers la porte d'entrée. Je l'ouvris, l'odeur des pâtisseries fraîches remplissant immédiatement mon nez. Une petite cloche au-dessus de la porte sonna mon arrivée. La boutique était décorée de blanc et de rose, des pois sur les murs, la vitrine occupant presque tout un côté. Des pâtisseries et du pain, des gâteaux et des desserts tapissaient l'intérieur de la vitrine. J'ai vu une femme plus âgée à l'arrière, les appareils en acier inoxydable brillant, concentrée sur la pâte qu'elle pétrissait.

"Accueillir. Donnez-moi une minute et je serai avec vous.

Je suis entré plus loin dans le magasin et me suis dirigé vers la photo encadrée sur le mur. Cela montrait ce que je pensais être les employés, tous les cinq souriants et portant des tabliers assortis. Et elle était là, la seule femme qui tenait mon cœur, la seule personne à laquelle j'avais pensé tout ce temps, jour après jour.

Rosita.

Elle avait exactement la même apparence, son sourire éclatant atteignant ses yeux. Authentique.

"Salut. Bienvenue à Oh Dough Good. Que puis-je vous offrir aujourd'hui ? »

Je me suis retourné et j'ai fait face à la femme plus âgée. Elle avait un grand sourire sur le visage, de la farine sur les joues et le bout du nez. Ses cheveux étaient tachetés de coloration poivre et sel, empilés haut sur sa tête et attachés sous un filet à cheveux. Je me suis approché d'elle, voulant juste lui dire si elle savait oùRosita l'était, mais je ne voulais pas non plus ressembler à un psychopathe.

"Je suis..." Je me tournai pour regarder cette photo encadrée pendant une seconde avant de lui faire face une fois de plus. « En fait, je recherche quelqu'un, un de vos employés. Je me demande si tu sais quandRosita sera-t-il au travail ?

« Es-tu un de ses amis ? » Elle avait l'air suspicieuse, sa voix me faisant savoir qu'elle cherchait à obtenir certaines informations. Je ne pouvais pas lui en vouloir. En fait, j'étais content qu'elle soit prudente.

"Je suis en fait son demi-frère", admis-je même si je détestais dire ça. Je ne me considérais pas du tout comme ça.

"Oh," dit-elle surprise. "Rosita Je n'ai mentionné aucun frère.

Non, elle ne le ferait probablement pas, compte tenu de mes antécédents.

Il était clair que cette femme n'était pas de la ville, du moins pas pour longtemps. Si elle l'avait été, elle aurait été au courant de tous les potins de la ville sur moi et ma réputation.

Mais savoir qu'elle n'avait rien dit à mon sujet a provoqué un pincement au cœur de ma poitrine.

«Je suis parti depuis un moment et je viens de revenir, je voulais lui faire une surprise. Mon père a dit qu'elle travaillait ici maintenant.

"En fait, elle arrive d'une minute à l'autre." Elle a regardé par-dessus mon épaule et a souri. "En fait, elle arrive en ce moment." Mon cœur a commencé à battre plus fort alors que je me retournais et faisais face aux fenêtres de devant. Je ne l'ai pas vue tout de suite, mais ensuite, de l'autre côté de la rue, je l'ai vue sortir d'une petite voiture de couleur beige.

Je n'ai pas pu empêcher le sourire qui s'est répandu sur mon visage. Mon Dieu, il me semblait que bien plus d'un an s'était écoulé depuis que je l'avais vue. Ses cheveux étaient attachés en queue de cheval et effleuraient le centre de son dos. Elle l'avait laissé grandir l'année dernière.

Je l'ai aimé.

Elle commença à se diriger vers l'avant de la voiture. Je m'attendais à ce qu'elle traverse la rue et se dirige vers la pâtisserie, mais au lieu de cela, elle s'est dirigée vers la porte du côté passager arrière, l'a ouverte et s'est penchée. Pendant une seconde, je ne pouvais que la regarder, constater qu'elle semblait plus courbée, plus féminine. Mon Dieu, elle avait l'air incroyable.

Puis elle se redressa, ferma la porte et se tourna vers la pâtisserie. Tout autour de moi s'est figé. Elle tenait un siège auto pour bébé. Elle regardait le bébé à l'intérieur, un sourire aux lèvres alors qu'elle ajustait la couverture. Et puis elle s'est dirigée vers la garderie, disparaissant de ma vue, me laissant sous le choc.

"Elle a un bébé?" Je me suis dit.

« Oh oui, une belle petite fille. Je pense qu'elle n'a que quelques mois.

Je me suis retourné et j'ai fait face à la femme toujours derrière le comptoir.

"Je ne savais pas." Mon Dieu, comment avais-je pu ne pas le savoir ?

Parce que je l'ai repoussée.

Je me suis retrouvé à quitter la boulangerie, à traverser la rue et à ouvrir la porte de la garderie. Je ne savais pas à quoi je pensais à ce moment-là, mais alors que je me tenais là avec le son des bébés et des enfants qui criaient et pleuraient, des jouets et de la musique qui retentissaient, la seule chose qui me revenait à l'esprit en boucle était une chose. .

Je savais que c'était mon enfant.

Chapitre 8

51

Rosita

Je me suis assis en face deDavid, le siège auto à côté de moi, son attention sur le bébé. Notre bébé.

Il regardait Maddie depuis que nous étions entrés dans le petit café à côté de la garderie. Heureusement, Rose, la propriétaire de la boulangerie dans laquelle je travaillais, n'avait aucun problème à ce que je ne sois pas encore arrivé, pas alors que mon expression montrait probablement de la nervosité et que la merde allait probablement frapper le ventilateur.

Il s'éclaircit la gorge et tourna son attention vers moi. Mon Dieu, il avait l'air bien, le même gars dont j'étais tombée amoureuse, celui à qui j'avais donné ma virginité.

Le père de mon enfant.

"Elle est à moi." Il ne l'a pas formulé comme une question.

"Elle est à toi." Je me suis penché et je l'ai sortie du siège auto, berçant ma petite fille de trois mois. J'avais imaginé ce moment depuis que j'avais découvert que j'étais enceinte. Et j'aurais aimé pouvoir lui dire tout cela plus tôt.

"Je t'ai tenu à l'écart", dit-il avec de la douleur dans la voix. "C'est ma faute, je viens juste de le découvrir."

J'ai avalé la boule dans ma gorge. « J'ai essayé de venir encore et encore, mais à chaque fois on m'a dit que vous n'acceptiez pas de visiteurs. J'ai senti les larmes me remplir les yeux en me souvenant de ces moments.

"Je suis désolé", dit-il encore, se concentrant sur Maddie dans mes bras. "Quel-est son nom?"

«Madie Isabelle.» L'expression qu'il m'a donnée était celle d'une émotion brute. Mais je savais que lorsqu'il entendrait le nom de notre petite fille, cela le frapperait en plein cœur.

« Tu lui as donné le nom de ma mère ? »

J'ai hoché la tête, des sentiments et des sensations m'envahissant. "Voulez-vous la tenir?"

Il m'a regardé avec de grands yeux. "J'ai peur de la laisser tomber."

Je n'ai pas pu m'empêcher de sourire. Je secouai la tête et me levai, me dirigeant vers lui. « Vous ne le ferez pas. Soutenez simplement sa tête. J'ai placé notre bébé dans ses bras et j'ai senti mon cœur se remplir à cette vue.

« Je suppose que nos parents sont au courant ? Il n'avait pas détourné son attention du bébé.

"Ils savent." En m'asseyant en face de lui, j'avais envie de pleurer, mais j'ai réussi à me ressaisir. La dernière chose dont l'un de nous avait besoin, c'était que je m'effondre.

« Comment l'ont-ils pris ?

Je ris doucement. «Ton père n'était pas si content. Ma mère m'a été étonnamment favorable. Quand j'ai commencé à montrer et à leur faire voir l'échographie, ton père est tombé amoureux d'elle. Il a complètement changé son moi endurci.

David renifla. "Ouais, c'était comme entrer dans un épisode de Twilight Zone avec lui aujourd'hui." Il m'a regardé. "Je t'aime tellement." Il grimaça et baissa les yeux sur le bébé. "Désolé. Je dois apprendre à faire attention à ce que je dis en présence de ma fille. Levant la tête, ses yeux s'écarquillèrent à nouveau. "Ma fille. Je suis papa.

J'ai couvert ma bouche avec ma main et j'ai hoché la tête, ma vision devenant floue alors que les larmes commençaient à remplir mes yeux.

Maddie a commencé à s'agiter etDavid avait l'air paniqué. J'ai ri et me suis levé, lui prenant le bébé et le remettant dans le siège auto. Elle s'est installée tout de suite. Avant de pouvoir reprendre ma place,David a tendu la main et a saisi ma main, son pouce se déplaçant sur mon point de pouls.

« Je ne te quitterai plus jamais. Je ne vous quitterai jamais.
J'ai souri.
"Je t'aime,Rosita, et j'aime Maddie. Il s'est levé et j'ai penché la tête en arrière pour le regarder en face. "Je vais travailler très dur pour subvenir à vos besoins tous les deux, pour vous donner la vie que vous méritez." Il tendit la main et passa son doigt sur ma joue, essuyant mes larmes.

David Il me serra plus fort et je fermai les yeux, posant ma tête sur sa poitrine. Je ne sais pas combien de temps nous sommes restés là, mais la seule chose à laquelle j'avais pensé maintes et maintes fois au cours de l'année écoulée est apparue. Je reculai d'un pouce, le cœur dans la gorge. « Qu'avez-vous dit lorsque vous étiez à l'arrière du véhicule, juste avant qu'ils ne partent ? » Il prit ma joue en coupe, son pouce caressant ma lèvre inférieure. « Vous ne vous souvenez probablement même pas de quoi je parle... »

"Je m'en souviens," dit-il doucement. "J'ai dit, je reviendrai pour toi." Il m'a attiré pour une autre étreinte.

"Et tu l'as fait." Il a pris l'arrière de ma tête en coupe et j'ai senti que tout se mettait en place.

"Je l'ai fait."

Épilogue

David

Dix ans après

J'ai souri alors que j'étais assis dans un coin de la chambre d'hôpital, regardant mon fils. Mon Dieu, comment diable ai-je eu autant de chance ? Il portait un petit chapeau à pois bleus et blancs et une couverture assortie enroulée autour de son petit corps. Nos filles, Maddie et Rainy Rose, étaient assises sur le lit avecRosita.

Ma femme.

Âme soeur.

Tout mon putain de monde.

Rosita discutait en vidéo avec sa mère, le sourire sur son visage heureux et doux. Après toutes ces années, une romance un peu taboue, un mariage parfait et deux petites filles, nous avions mis au monde notre troisième enfant.

Un petit garçon.

Sutherland, le nomRosita avait choisi parce qu'elle voulait que son nom ressemble au mien.

J'ai tenu Sutherland dans mes bras, regardant à quel point il était parfait. Le petit bébé a grogné doucement dans mes bras et a rempli mon cœur d'encore plus d'amour. Je ne pensais pas qu'il était possible de prendre autant soin d'une autre personne que de mes trois filles.

"Quand retournes-tu travailler?"

J'ai entenduRositadit la mère.

«Je prends six semaines de congé.»

« Pas les douze au complet ? Chérie, tu possèdes la boulangerie. Vous pouvez décider quand vous revenez, définir vos propres règles.

J'ai levé les yeux versRosita, sachant qu'évoquer le fait qu'elle était propriétaire de la boulangerie la rendrait triste. Au cours des dix dernières années, beaucoup de choses ont changé.Rosita était restée à la boulangerie tout en faisant des études de gestion, en plus d'être mère et épouse. Son objectif avait été d'aider Rose avec l'aspect commercial de la gestion de l'établissement.

Mais ensuite Rose est tombée malade, a tenu le coup pendant quelques années, mais est finalement décédée, et j'ai suRosita s'est retrouvée avec cet énorme trou dans le cœur.

Je savais qu'elle avait vu Rose comme une seconde mère. Et c'était ce lien étroit entre eux qui avait créé ce lien indissoluble. À tel point qu'après le décès de Rose,Rosita a découvert qu'elle avait quitté la boulangerie.

"Maman, six semaines, c'est suffisant." Il y avait une certaine tristesse dans la voix de ma femme. Je voulais aller vers elle et la serrer plus près, pour lui dire que tout irait bien.

"D'accord chéri. Peut-être que je viendrai aider avec le bébé dans quelques semaines ? J'ai vuRosita sourire.

"Ce serait génial, maman."

J'ai levé les yeux versRosita, qui avait passé le téléphone aux filles pour qu'elles parlent avec grand-mère. Je pouvais entendre mon père en arrière-plan, sa voix animée alors qu'il racontait aux filles son voyage de pêche. En grandissant, il avait été un dur à cuire avec moi, mais dès que les filles étaient arrivées, j'ai vu le changement. Il était grand-père maintenant, et un bon en plus.

Rosita m'a regardé, ce petit sourire sur son visage. Merde, elle était restée à mes côtés à travers tout, elle m'avait attendu pendant l'année de mon absence. Elle avait été la seule fille pour moi. Elle était la seule fille pour moi. Et maintenant nous avions une famille.

Une famille parfaite, heureuse et pleine.

J'étais complet.

Qui aurait pensé qu'un délinquant comme moi, qui avait fréquenté les mauvais cercles durant sa vie d'adolescent, tomberait amoureux de sa demi-sœur, deviendrait père avant même de s'en rendre compte ? Mon Dieu, j'ai eu tellement de chance d'avoir une femme et trois magnifiques enfants.

Parce que je n'aurais certainement jamais pensé avoir tout cela, je n'en aurais même jamais rêvé.

Mais je l'avais, et bon sang si je laissais quelque chose le changer.

Quelques jours plus tard

J'ai tiréRosita près de moi et j'ai enfoui mon nez dans ses cheveux, inspirant profondément. Nous rentrions de l'hôpital, le petit Sutherland dormait profondément dans le berceau près du lit, mes filles dormaient profondément dans leur chambre et ma femme blottie près de moi.

J'ai repoussé la chute de ses cheveux de son cou et j'ai embrassé la fine arcade de sa gorge. Elle remua doucement avant de se déplacer sur le lit et se retrouva donc face à moi maintenant. Elle posa sa tête sur ma poitrine, expirant avec contentement. Avec tout calme et immobile en ce moment, les filles endormies, le bébé plein et content, et ma femme dans mes bras, je savais qu'il n'y avait rien d'autre dans ce monde qui serait aussi parfait.

J'étais l'homme le plus heureux de cette putain de planète.

"Trois enfants," dit-elle doucement.

Je l'embrassai sur le front et la tirai incroyablement plus près.

«J'aurais aimé que nous ayons une maison entière pleine», taquinai-je, mais en réalité, j'étais honnête. Ça ne me dérangerait pas qu'il y ait un groupe d'enfants à la maison, petiteRositasableDavids, le son de leurs rires, le bruit de leurs pas dans la maison. Mon Dieu, j'adorerais tout.

Au début, j'avais manqué tellement de temps avec Maddie, des mois que je ne reviendrais jamais parce que j'avais foutu ma vie. Mais cela ne se reproduirait plus jamais.

Je serais toujours là pour eux, quoi qu'il arrive.

J'ai repensé à mon premier retour à la maison, quand j'ai vuRosita encore une fois, j'ai vu la petite Maddie à ses côtés.

Je l'avais su à ce moment-là et elle était là, à moi, avec les mêmes yeux bleus que je voyais chaque jour dans le miroir me regardant.

Mais c'était dans le passé. Nous avions désormais tout le temps du monde, une vie, un avenir ensemble.

J'avais hâte de m'asseoir sur le porche avecRosita quand nous étions vieux, nos petits-enfants couraient partout, ma vie épanouie grâce à ce que j'avais accompli, ce que j'avais.

Mon Dieu, cela ressemblait à un paradis en soi.

Je lui ai encore embrassé la tête. Elle était à moi. Je ne permettrai jamais à personne d'autre que moi de l'avoir.Rosita était coincé avec moi pour toujours et j'attendais chaque jour avec impatience plus que le précédent.

La fin

Don't miss out!

Visit the website below and you can sign up to receive emails whenever Ashley Colem publishes a new book. There's no charge and no obligation.

https://books2read.com/r/B-A-TMQAB-TORQC

BOOKS 2 READ

Connecting independent readers to independent writers.

Did you love *Ces Attouchements Tabous: Cette nuit-là, il a changé ma vie pour toujours*? Then you should read *Piégé par elle: Celle qu'il voulait blesser s'est avérée être la seule à avoir jamais touché son cœur*[1] by Ashley Colem!

[2]

Il s'attendait à l'utiliser et à rebondir. Après tout, il ne s'agissait pas d'amour, mais de vengeance. Mais celui qu'il voulait blesser s'est avéré être le seul à avoir jamais touché son cœur. Maintenant, il se retrouve dans un dilemme, pris entre le marteau et l'enclume.Keith n'a aucune idée que le fringant étranger qui l'a balayée avait une arrière-pensée. Pour elle, ce fut le coup de foudre. Elle jeta un coup d'œil à ses yeux souriants et à ces fossettes creusées sur ses joues et son cœur se mit à battre.Mais elle est prête à parier que leur lendemain matin battrait tout ce qui avait été enregistré. Eh bien, des matins après, de très nombreux matins.

---

1. https://books2read.com/u/4XEa55

2. https://books2read.com/u/4XEa55

Also by Ashley Colem

Bien Trop Brutal
Obsede Par Elle
Limite dépassée
Amour Improbable
Kataliya, la Parfaite Élue
Le Choix Ultime d'un Seul Amour
Réveille-toi, Barbara
Sexe à Répétition
Taïna est en feu
Captive d'une Nuit Enneigée: Jusqu'à ce qu'elle apparaisse et que son âme se sente captivée
Ces Attouchements Tabous: Cette nuit-là, il a changé ma vie pour toujours
La Femme de ses Rêves: Il est obsédé par la jeune beauté qui lui a volé son cœur
Le No 1 des Connards: Il ne cherche pas d'excuses pour ce qu'il est ou ce qu'il fait
L'étrange Mariage du Milliardaire: Depuis qu'elle a commencé à développer des sentiments pour Clark
Piégé par elle: Celle qu'il voulait blesser s'est avérée être la seule à avoir jamais touché son cœur
Tenir si Fort: Il ne savait pas qu'une obsession pouvait s'emparer de lui aussi fort